U0007163

不要讓恐懼限制你，
你比自己想的還要**勇敢**！

和凱蒂一起，在月光下
展開**精采冒險**！

獻給阿墨，全鎮最調皮的搗蛋貓。 ── P.H.

獻給海倫娜和她的貓咪軍團。── J.L.

超能凱蒂出任務 2 黃金雕像的詛咒
Kitty and the Tiger Treasure

文｜寶拉‧哈里森 Paula Harrison　圖｜珍妮‧洛芙莉 Jenny Løvlie　譯｜黃聿君

字畝文化創意有限公司

社長兼總編輯｜馮季眉
責任編輯｜戴鈺娟　主編｜許雅筑、鄭倖仔
編輯｜李培如　美術設計｜蕭雅慧

出版｜字畝文化 / 遠足文化事業股份有限公司
發行｜遠足文化事業股份有限公司（讀書共和國出版集團）
地址｜231 新北市新店區民權路108-2號9樓
電話｜(02) 2218-1417
傳真｜(02) 8667-1065
電子信箱｜service@bookrep.com.tw
網路書店｜www.bookrep.com.tw
團體訂購請洽業務部（02) 2218-1417　分機1124
法律顧問｜華洋法律事務所　蘇文生律師
印製｜中原造像股份有限公司

2024年2月　初版一刷
定價｜320元　書號｜XBSY0071
ISBN｜978-626-7365-62-5
EISBN｜9786267365496（EPUB）　9786267365489（PDF）
特別聲明：有關本書中的言論內容，不代表本公司 / 出版集團之立場與意見，文責由作者自行承擔。

國家圖書館出版品預行編目(CIP)資料

超能凱蒂出任務. 2, 黃金雕像的詛咒/寶拉.哈里森(Paula Harrison)
文；珍妮.洛芙莉(Jenny Løvlie)圖；黃聿君譯. -- 初版. -- 新北市：字
畝文化出版：遠足文化事業股份有限公司發行, 2024.02
128　面；14.8 × 21　公分.
譯自：Kitty and the tiger treasure
ISBN 978-626-7365-62-5(平裝)
873.596　　　　　　　　113000234

超能凱蒂 Kitty 出任務 ②
黃金雕像的詛咒

文／寶拉‧哈里森 Paula Harrison
圖／珍妮‧洛芙莉 Jenny Løvlie
譯／黃聿君

凱蒂
和她的貓咪夥伴

凱蒂

凱蒂天生有著特殊的貓咪超能力，
可是，她準備好跟媽媽一樣，成為超能英雄了嗎？

還好，凱蒂身邊有一群貓咪夥伴
對她信心滿滿，
讓她充分發揮英雄潛力！

小南瓜

流浪小橘貓，
總是全心全意跟隨凱蒂。

費加洛

黑白貓費加洛活力十足，
對城市的街道巷弄瞭若指掌，
隨時都能展開探險。

美美

虎斑貓美美優雅端莊，見多識廣。
一發現有什麼不對勁，
就會馬上連絡凱蒂。

皮皮

小白貓皮皮擅長發現問題，
想像力也超豐富！

1

　凱蒂輕輕一躍，從沙發跳到了門邊。「給我站住！」她指著貓咪小南瓜說：「這回你逃不掉了！」

　小南瓜，一隻長著黑色小鬍鬚的胖嘟嘟小橘貓，手忙腳亂的逃開。

「你捉不到我！」小南瓜一面喵喵叫著，一面往凱蒂的房間衝。

凱蒂咯咯輕笑，追了上去。小南瓜跳到凱蒂床上，翻個身，露出毛茸茸的肚子，讓凱蒂輕輕搔癢。

凱蒂的媽媽走進房間，「你們兩個又在幹麼啦？笑得這麼大聲。」

　　「我們在玩『捉壞蛋』！」凱蒂對媽媽說：「這是我們新發明的遊戲，可以鍛鍊我的超能力，出任務的時候，就能馬上發揮出來。」

　　「這樣啊！」媽媽順了順凱蒂的頭髮，「你們主動練習，我很開心。可是時候也不早了，該收收心，上床準備睡覺了。」

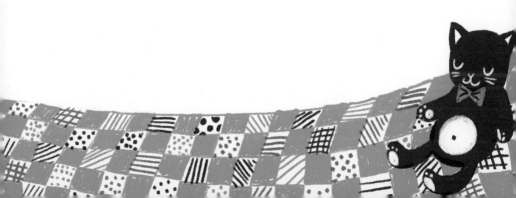

凱蒂爬進棉被底下，「我其實現在就覺得很睏了。」

「真的？」媽媽微笑著說。她幫凱蒂把被子的邊邊角角拉整齊，塞進床墊底下。

凱蒂也微笑著回看媽媽。她知道，媽媽了解鍛鍊超能力有多重要。

凱蒂家有一個特別的祕密：凱蒂的媽媽是一位超能英雄，她每晚都會出門，運用貓咪超能力行俠仗義，幫助大家。凱蒂和弟弟麥克斯都遺傳到了媽媽的超能力。

凱蒂在黑暗中也能看得一清二楚，遠方的細微聲響也逃不過她的耳朵。她還能在屋頂上保持完美平衡，翻筋斗時更是俐落精采。

最棒的是，她懂貓語，能跟貓咪聊天！

幾個星期前，凱蒂經歷了人生第一場深夜冒險任務，她就是在那個時候遇見了橘貓小南瓜。

當時小南瓜孤零零的，沒有朋友，也無家可歸。後來小南瓜同意跟她回家時，凱蒂好開心。

現在，小南瓜成了這個家的一分子，每天晚上都跟凱蒂一起睡。

「別忘了，明天我們家有個重要的活動。」媽媽一面叮嚀凱蒂，一面替她把衣服收摺整齊，「我們要去哈倫市立博物館看新推出的展覽，展品中有黃金虎雕像，還有很多其他古文物喔。」

凱蒂又從床上坐了起來，「那個黃金虎雕像上，真的鑲滿了鑽石嗎？」

「沒錯！而且它的眼睛還是兩顆祖母綠寶石呢。」媽媽對凱蒂說。

「我等不及要看了！」凱蒂忍不住大喊。

「這麼興奮啊？」媽媽開懷笑著說：「那就早點睡囉。晚安，小甜心！」她為凱蒂關了燈，離開了房間。

凱蒂打開床頭燈，在被窩裡扭來扭去，想調整出舒服的睡姿。她好期待明天快點到來。

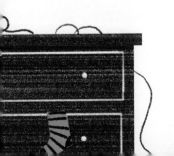

博物館新展出的古文物，絕對會讓人大開眼界。黃金虎雕像上面鑲了那麼多鑽石，一定價值連城。凱蒂迫不及待，想親眼看看那些鑽石和寶石，是怎麼閃閃發亮、熠熠生輝！

小南瓜靜悄悄的在床上走動，一屁股窩到了凱蒂身邊。

他的藍色雙眼，在昏暗的光線下閃閃發光；像天鵝絨般柔軟的毛，緊貼著凱蒂的手臂。

凱蒂輕嘆一口氣，閉上眼睛，卻滿腦子都是黃金虎雕像，不斷想像著它會是什麼模樣。

小_{ㄒㄠ}南_{ㄋㄢ}瓜_{ㄍㄨㄚ}不_{ㄅㄨ}安_ㄢ的_{ㄉㄜ}扭_{ㄋㄧㄡ}動_{ㄉㄨㄥ}，「凱_{ㄎㄞ}蒂_{ㄉㄧ}，你_{ㄋㄧ}睡_{ㄕㄨㄟ}著_{ㄓㄠ}了_{ㄌㄜ}嗎_{ㄇㄚ}？」他_{ㄊㄚ}輕_{ㄑㄧㄥ}聲_{ㄕㄥ}問_{ㄨㄣ}。

凱_{ㄎㄞ}蒂_{ㄉㄧ}啪_{ㄆㄚ}的_{ㄉㄜ}一_ㄧ下_{ㄒㄧㄚ}張_{ㄓㄤ}開_{ㄎㄞ}眼_{ㄧㄢ}睛_{ㄐㄧㄥ}，「我_{ㄨㄛ}還_{ㄏㄞ}醒_{ㄒㄧㄥ}著_{ㄓㄜ}！小_{ㄒㄠ}南_{ㄋㄢ}瓜_{ㄍㄨㄚ}，怎_{ㄗㄣ}麼_{ㄇㄜ}了_{ㄌㄜ}嗎_{ㄇㄚ}？」

小南瓜的鬍鬚抽動，「黃金虎雕像長什麼樣子啊？很大嗎？」

「照片裡看起來滿小的，應該跟你差不多喔！」凱蒂微笑著回答。

「那它特別在哪裡啊？」小南瓜問。

「媽媽說那個雕像是從古墓裡挖出來的，在地底待了好幾千年，才被考古學家發現。雕像表面漆滿黃金，身上鑲了好多鑽石，眼睛還是閃亮的祖母綠寶石。」

「一定很值錢吧？」小南瓜一面說，一面依偎著凱蒂的肩膀。

「它是無價之寶！」凱蒂對小南瓜說：「而且很可能還有魔法。傳說只要摸摸黃金虎雕像的前掌，向它許願，願望就會成真喔！」

「哇，聽起來好神奇！」小南瓜的藍眼睛睜得更大了。

「我是聽爸爸說的。」凱蒂繼續說：「很多人見過雕像以後，都變得好運連連。不過，聽說雕像也帶著詛咒，要是有壞蛋做壞事、惹惱了雕像，它就會召喚出一群妖魔鬼怪來復仇！」

小南瓜不禁開始發抖，「哇……好恐怖！」

「明天是展覽的第一天，展場一定人山人海。真希望能有機會靠近雕像，看個仔細！」凱蒂興奮的說。

「要是我能跟你一起去就好了！」小南瓜說：「貓咪也可以進博物館嗎？」

凱蒂搖搖頭，「應該不行。真不公平！」她靜靜的躺著，不一會兒卻突然坐了起來，差點把小南瓜撞下床。

「有了！要是我們今晚去博物館參觀，你就能看到所有展品，而且不會人擠人，就像我們包下整座博物館一樣！」凱蒂說。

小南瓜抽動鼻子，「可是……晚上的博物館不是陰森森的嗎？」

「裡面有很多很多有趣的東西喔，我們可以一起欣賞。」凱蒂搔搔小南瓜的下巴。

凱蒂知道小南瓜這隻小橘貓，一碰到新事物和陌生的環境就會緊張。畢竟，他還只是隻小幼貓，而且在遇到凱蒂之前，他一直都是孤零零的。

「來場新探險一定很好玩的，你覺得呢？」凱蒂問著。

小南瓜緩緩的點點頭，「雕像上有鑽石又有祖母綠寶石，亮晶晶的一定很漂亮，對不對？」

凱蒂掀開棉被，從床上跳起來，「我們現在就出發！從我們家到博物館只要十分鐘，而且我有超能力，可以沿屋頂直接走過去。」

小南瓜也跳上窗邊的椅櫃，用鼻子頂開窗簾。

天上的弦月散發耀眼光芒，銀色月光傾瀉進房間。

凱蒂覺得
自己就像是一杯檸檬
汽水，興奮得直冒泡泡。
她凝視著眼前一棟棟房屋，
整齊的連成一排又一排，
屋頂連綿不絕，
通向四方。

凱蒂在密密麻麻的煙囪之間，看出了前往博物館的路線；就像是一條只有她一個人知道的祕密路線！

小南瓜又抽了抽鼻子，「希望不會下雨。」

「就算下雨了，我們也一定能找到地方躲雨。」凱蒂拿出她的超能英雄裝，繫上黑色斗篷，接上貓尾巴。最後，她戴上貓耳朵，這才照起鏡子。

換上英雄裝，讓凱蒂覺得自己就是真正的超能英雄！她的超能力開始在身體裡湧現，有如月亮撥開了雲朵露出臉來。

凱蒂打開窗戶，晚風吹了進來，窗簾隨風飄動。她爬上窗臺，心跳得好快。大半夜的去博物館參觀，的確很刺激，也有那麼一點點令人害怕。

她對小南瓜說：「準備好了嗎？第二場冒險要開始囉！」

2

凱ㄎㄞˇ蒂ㄉㄧˋ從ㄘㄨㄥˊ窗ㄔㄨㄤ臺ㄊㄞˊ爬ㄆㄚˊ上ㄕㄤˋ屋ㄨ頂ㄉㄧㄥˇ，輕ㄑㄧㄥ手ㄕㄡˇ輕ㄑㄧㄥ腳ㄐㄧㄠˇ的ㄉㄜˊ沿ㄧㄢˊ屋ㄨ頂ㄉㄧㄥˇ奔ㄅㄣ跑ㄆㄠˇ。夜ㄧㄝˋ空ㄎㄨㄥ裡ㄌㄧˇ一ㄧ顆ㄎㄜ顆ㄎㄜ星ㄒㄧㄥ星ㄒㄧㄥ像ㄒㄧㄤˋ鑽ㄗㄨㄢˋ石ㄕˊ，滿ㄇㄢˇ天ㄊㄧㄢ閃ㄕㄢˇ爍ㄕㄨㄛˋ著ㄓㄜ˙。

在ㄗㄞˋ充ㄔㄨㄥ滿ㄇㄢˇ魔ㄇㄛˊ法ㄈㄚˇ的ㄉㄜ˙神ㄕㄣˊ奇ㄑㄧˊ夜ㄧㄝˋ晚ㄨㄢˇ，凱ㄎㄞˇ蒂ㄉㄧˋ的ㄉㄜ˙超ㄔㄠ能ㄋㄥˊ力ㄌㄧˋ變ㄅㄧㄢˋ得ㄉㄜˊ更ㄍㄥˋ加ㄐㄧㄚ強ㄑㄧㄤˊ大ㄉㄚˋ。她ㄊㄚ來ㄌㄞˊ了ㄌㄜˋ一ㄧ個ㄍㄜ˙側ㄘㄜˋ手ㄕㄡˇ翻ㄈㄢ，感ㄍㄢˇ受ㄕㄡˋ力ㄌㄧˋ量ㄌㄧㄤˋ流ㄌㄧㄡˊ竄ㄘㄨㄢˋ全ㄑㄩㄢˊ身ㄕㄣ。

「凱蒂，你知道博物館要怎麼去嗎？」小南瓜爬到凱蒂身邊問。

凱蒂望向一座又一座屋頂，夜視超能力讓眼前景像變得好清晰。

「嗯，我很確定該怎麼走。你看，博物館就在那邊，在皇冠街上。」她指著一棟高高的石砌建築物說。

那棟建築物的頂端，有一座半圓型屋頂，大門兩側立著巨大石柱。

凱蒂和小南瓜沿著屋頂跑，繞過一個個煙囪。

　　凱蒂從這家屋頂跳到下一家屋頂的時候，斗篷在她身後開展飄揚。風在四周呼呼的吹，一棵棵樹隨風搖曳，樹影在月光下跳起舞來。

　　突然間，一隻黑白貓從某個煙囪後方鑽了出來。那隻貓的毛黑得發亮，還有一張白臉和四隻白腳。凱蒂一眼就認出他來，那是她的朋友費加洛，「哈囉，費加洛！你在這裡做什麼？」

「當然是在等你啊！」費加洛扭扭鬍鬚說：「我看到你從房間窗戶爬出來，就心想，今晚凱蒂又要挑戰什麼樣的冒險任務呢？」

「我們要去博物館看最新展出的黃金虎雕像。」凱蒂解釋。

「明天一定人潮洶湧，我們想趁今天晚上先去看看。」小南瓜興奮的搖起橘色尾巴。

「黃金虎雕像！那可是神奇的稀世珍寶！」費加洛的眼睛亮了起來，「聽說它還有神祕力量，能實現願望」

「你要不要跟我們一起去啊？」凱蒂問。

「親愛的凱蒂，這是我的榮幸。」費加洛低頭行禮，「請帶路吧！」

凱蒂帶領小南瓜和費加洛，跳過一座接一座屋頂，來到了皇冠街。博物館就坐落在這條街上。

　　凱蒂觀察起博物館屋頂，發現屋頂四周平坦，正中央是拱起的玻璃圓頂。

　　整座博物館巨大無比，每一側都有好多扇窗、好多道門。

　　「黃金虎雕像會在哪裡呢？」凱蒂從屋頂往下爬，踩在離她最近的窗臺上，貼著窗戶往裡面看。她看到一座玻璃櫃，展示著一排古代刀劍。

凱蒂爬向下一扇窗戶，看到一格一格的展示櫃裡，陳列著各種古文物。

她緊盯著各式陶瓷花瓶和銀盤不放。

小南瓜黏在凱蒂身邊，費加洛則是在窗臺間優雅的遊走。

凱蒂窺看一個個漆黑的展示間。博物館大得驚人，黃金虎雕像會在哪裡呢？

最後，她瞄見一幅閃閃發亮的橫布條，上面寫著「**一起來欣賞印加古文明瑰寶！**」

凱蒂順著指標方向，跳到隔壁窗臺上，熱切的往裡面張望。

黃金虎雕像就在一座小展示臺上，四周圍著紅色絨繩。

聚光燈直直打在雕像上，黃金虎的祖母綠雙眼發著光，讓凱蒂一度懷疑起：那是不是活生生的真老虎？

黃金虎雕像直挺挺的坐著，一隻前腳舉在半空中。雕像的表面塗滿了金漆、鑲滿了鑽石，還有著一道道優雅的黑色線條。

「哇！」小南瓜大喊：「怎麼會這麼漂亮？」

「我不得不說，真是令人歎為觀止。」費加洛甩動黑色尾巴，「真的好美啊！」

凱蒂看得入神，鼻子都貼到玻璃窗上了。

雕像四周有很多展示架，陳列的展品五花八門，但整個展間裡最耀眼、最吸睛的，還是黃金虎雕像。

　　「好想再靠近一點看，這樣子就能知道那個傳說是不是真的——摸摸雕像的前掌，願望就能實現！」凱蒂說。

　　「凱蒂，你想許什麼願望呢？」小南瓜問。

　　「好難決定喔！」凱蒂咬咬下唇，「那些古文物上的寶石看起來都好漂亮，如果我能

有自己的鑽石、祖母綠和紅寶石，應該很不錯！」

小南瓜用他的橘色頭頂，親暱的磨蹭起凱蒂的膝蓋。

「近距離觀察雕像，這個主意真棒。」費加洛說：「我有好多願望可以許，像是上美體沙龍護毛、修爪，或是去頂級海鮮餐廳享用精緻套餐！喔，我們趕快進去吧！」

凱蒂遲疑了，「這樣真的沒問題嗎？博物館晚上禁止進入耶。」

「凱蒂，拜託啦！」小南瓜睜著藍色大眼睛，望著凱蒂說：「我保證一定不亂摸、不亂碰！」

凱蒂只好點點頭，「好吧，可是一定要很小心。」她發現樓下有一扇窗沒關，「我們可以從那邊進去。」

凱蒂說完便抓住排水管，準備往下爬到樓下的窗臺上。

就在這時，從她頭頂上傳來咻的一聲。

「喵嗚——」有東西從天而降，重重的落在了凱蒂肩膀上。

凱蒂身體一斜，連忙抓緊排水管，免得摔下去。

小南瓜一陣驚慌，趕緊跳到凱蒂腳上，雙手環抱她的腳，幫忙她把腳固定在窗臺上。「呀！別擔心，我抓住你了！」

他們發現從天而降的，是一隻有著澄藍雙眼的灰色波斯貓。那隻波斯貓跳到窗臺上，怒氣沖沖的瞪著凱蒂。

「別想逃！」她咆哮著說：「只要有小偷出現，就絕對逃不過我的法眼。你是來博物館偷東西的，對吧？哼，有我在，你休想得逞！」

凱蒂一臉訝異的看著灰色波斯貓。這隻貓是誰啊？為什麼會把他們當成小偷呢？

3

灰色波斯貓氣呼呼的揮動尾巴，「我是博物館之貓，絕不會放過來偷東西的傢伙。」她說完便將眼神瞥向費加洛和小南瓜，「你們真不應該，竟然當起她的共犯。真正的貓咪絕不會做這種事！」

費加洛全身上下的黑白毛都豎了起來，「沒禮貌的傢伙！好大的膽子，竟敢亂說我們是小偷？」

「噓，費加洛！沒關係的。」凱蒂轉頭對灰色波斯貓說：「不用擔心，我們不是來偷東西的。我們只是迫不及待，想提前來看看黃金虎雕像。我叫凱蒂，是新的超能英雄。」

「喔，我聽說過你。」灰色波斯貓端詳起凱蒂的斗篷和貓耳朵，接著低頭鞠躬，向凱蒂致歉，「我叫克麗歐。抱歉，剛剛

偷襲你，還說你是小偷。」

「你的確應該要感到萬分抱歉！」費加洛氣沖沖的瞪著克麗歐，「那樣子撲到別人身上，有夠野蠻的！」

「因為我看你們在窗臺上鬼鬼祟祟，誤以為你們是小偷。」克麗歐說：「希望我沒嚇著你們。」

「放心，我們沒事！」凱蒂對克麗歐說：「我想我們看起來確實滿可疑的。」

費加洛哼了一聲，轉身舔起腳掌。

小南瓜怯生生的沿著窗臺走，盯著克麗歐看，眼裡滿是好奇。「你真的住在博物館裡嗎？」

　　「嗯，博物館後面有一間辦公室，我就睡在那裡。」克麗歐耐心解釋：「那是夜班警衛史丹的辦公室，但他跟平常一樣，坐在椅子上睡著了，所以博物館的保全工作就落到了我身上。新展覽

就快開幕了，博物館裡現在有好多珍貴的寶物。」

「聽你這樣說，我覺得你才是真正的博物館警衛呢。」凱蒂說。

克麗歐用前掌撓撓耳朵，「我也想成為正式的警衛啊，可是人類好像沒注意到我有多辛苦賣力工作。不過，我喜歡住在這裡——這裡真的好棒！要不要我帶你們四處逛逛呢？」

「要！拜託了！」凱蒂的眼睛都亮起來了，「我們也想去看看黃金虎雕像。」

「那座雕像真的很特別，」克麗歐得意洋洋的說：「近看起來更是漂亮。我可以帶你們進去，但是要小心，千萬不能亂碰亂摸。」

「咦？黃金虎雕像怎麼被奇怪的影子遮住了？」小南瓜突然發問：「我都快看不到它了。」

「有聚光燈直直照在雕像上，應該能看得很清楚啊。」凱蒂一面說，一面往裡面看。

小南瓜說的沒錯，的確有一道影子遮住了雕像，而且……那影子還在移動！

「看起來好恐怖！」小南瓜尖叫著說：「該不會是傳說中的詛咒吧？」

凱蒂把臉貼在窗上，看見影子溜向一旁的展示櫃，接著消失不見。下一秒，聚光燈的電源莫名被切斷了，整個展示間頓時陷入一片漆黑。

一陣顫慄沿著凱蒂的背脊流竄而下，「怎麼會這樣？克麗歐，出事了！」

克麗歐二話不說往前衝。費加洛也暫停清理他的腳掌，跟了過去。

月亮從雲朵後方探出臉來，一道月光直射下來，穿過了博物館的玻璃圓頂。

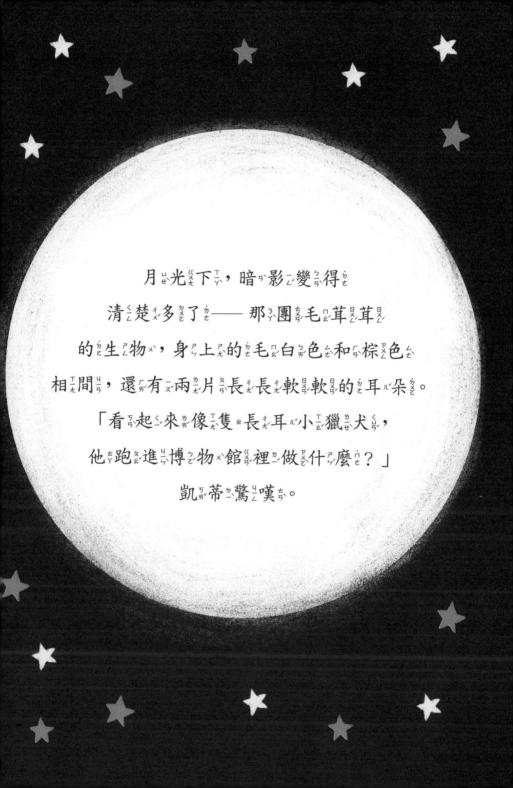

月光下，暗影變得
清楚多了——那團毛茸茸
的生物，身上的毛白色和棕色
相間，還有兩片長長軟軟的耳朵。
「看起來像隻長耳小獵犬，
他跑進博物館裡做什麼？」
凱蒂驚嘆。

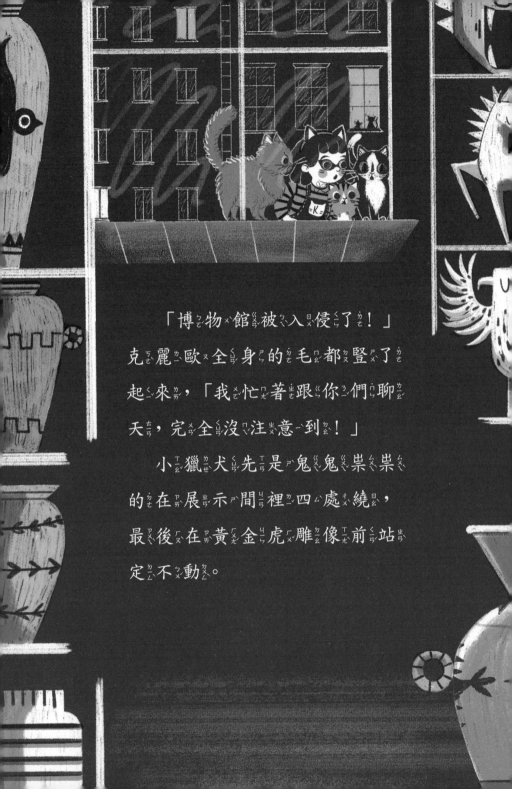

「博物館被入侵了！」
克麗歐全身的毛都豎了起來，「我忙著跟你們聊天，完全沒注意到！」

　　小獵犬先是鬼鬼祟祟的在展示間裡四處繞，最後在黃金虎雕像前站定不動。

「喵喵咪啊！」費加洛驚呼：「他是衝著雕像來的。」

凱蒂他們膽戰心驚的看著小獵犬靠向雕像，接著伸出前掌⋯⋯

「小偷！住手！」克麗歐大喊：「那不是你的東西！」

長耳小獵犬前掌一揮，把黃金虎雕像從展示臺上拍了下來。雕像在地板上滾動，上面的鑽石在月光下一閃一閃，祖母綠寶石眼睛散發出神采，就像是活生生的老虎眼睛。

小獵犬張嘴叼起了雕像，往暗處跑去。

「他要逃跑了！」小南瓜尖聲大叫。

凱蒂看到克麗歐一臉絕望的神情，連忙說：「別擔心，我們一起幫你捉小偷。」說完，她就順著排水管往下爬，爬到樓下那扇沒關好的窗外。

凱ㄎㄞˇ蒂ㄉㄧˋ站ㄓㄢˋ在ㄗㄞˋ窗ㄔㄨㄤ臺ㄊㄞˊ上ㄕㄤˋ把ㄅㄚˇ窗ㄔㄨㄤ戶ㄏㄨˋ推ㄊㄨㄟ開ㄎㄞ，跳ㄊㄧㄠˋ了ㄌㄜ˙進ㄐㄧㄣˋ去ㄑㄩˋ。

博ㄅㄛˊ物ㄨˋ館ㄍㄨㄢˇ裡ㄌㄧˇ靜ㄐㄧㄥˋ悄ㄑㄧㄠ悄ㄑㄧㄠ的ㄉㄜ˙，一ㄧˋ點ㄉㄧㄢˇ聲ㄕㄥ響ㄒㄧㄤˇ都ㄉㄡ沒ㄇㄟˊ有ㄧㄡˇ。

克麗歐搖著頭說：「史丹一定又忘了設定防盜警鈴！」

凱蒂環顧四周，打了一個冷顫。上一次她來博物館的時候，裡面燈火通明，吵雜聲不斷，擠滿了人潮。現在，館內黑漆漆的，空得令人不寒而慄。

在黑暗的牆角那邊，她隱約看出有道影子，還有一塊反射著月光、閃閃發亮的金屬。

凱蒂調整呼吸，夜視超能力跟著增強；她看出在角落裡的，是一尊古代戰士的蠟像，戰士手上拿著一支矛。

她繼續慢慢吸氣、吐氣，讓狂飆的心跳速度緩和下來。偷走黃金虎雕像的小偷就在博物館裡，凱蒂下定決心，一定要捉到他。

克麗歐和小南瓜慌慌張張的跟著衝了進來。費加洛則甩甩尾巴，最後一個爬進來。

「克麗歐，帶我們去黃金虎雕像的展示間，好嗎？」凱蒂說。

「跟我來！」克麗歐領著大家爬上壯觀的大理石階梯，來到位於玻璃圓頂正下方、金碧輝煌的展示間。月光透過玻璃圓頂照了進來。

各種珍奇的文物一一陳列在展示櫃裡，有顏色柔和的彩繪扇子、刻著奇怪文字的硬幣，還有鑲綴著紅寶石的銀盤……

一座又一座華麗的展示櫃，環繞四周。

　　唯ㄨㄟˊ獨ㄉㄨˊ原ㄩㄢˊ本ㄅㄣˇ擺ㄅㄞˇ放ㄈㄤˋ黃ㄏㄨㄤˊ金ㄐㄧㄣ虎ㄏㄨˇ雕ㄉㄧㄠ像ㄒㄧㄤˋ的ㄉㄜ˙展ㄓㄢˇ示ㄕˋ臺ㄊㄞˊ，現ㄒㄧㄢˋ在ㄗㄞˋ變ㄅㄧㄢˋ得ㄉㄜ˙空ㄎㄨㄥ蕩ㄉㄤˋ蕩ㄉㄤˋ的ㄉㄜ˙。

　　克ㄎㄜˋ麗ㄌㄧˋ歐ㄡ一ㄧ面ㄇㄧㄢˋ繞ㄖㄠˋ著ㄓㄜ˙展ㄓㄢˇ示ㄕˋ臺ㄊㄞˊ走ㄗㄡˇ，一ㄧ面ㄇㄧㄢˋ喃ㄋㄢˊ喃ㄋㄢˊ的ㄉㄜ˙說ㄕㄨㄛ：「我ㄨㄛˇ早ㄗㄠˇ該ㄍㄞ注ㄓㄨˋ意ㄧˋ到ㄉㄠˋ的ㄉㄜ˙！我ㄨㄛˇ應ㄧㄥ該ㄍㄞ要ㄧㄠˋ更ㄍㄥˋ小ㄒㄧㄠˇ心ㄒㄧㄣ才ㄘㄞˊ對ㄉㄨㄟˋ……」

看著空空的展示臺，凱蒂的心也跟著往下沉。

最吸睛的展品被偷走了，這下子，哈倫市的市民一定會很失望。

最糟糕的是，要是雕像「真的」能實現心願呢？萬一黃金虎雕像落到壞人手裡，他們可能會許一堆壞願望，那該怎麼辦！

「你們看，有腳印！」小南瓜指著地上的一串腳印，一路延伸到暗處。

他們跟著腳印前進，發現腳印到了階梯附近就消失了。

「這條線索恐怕斷了。」費加洛語重心長的說：「博物館這麼大，我們要揪出小偷，機會渺茫。」

「等等，你們聽！」凱蒂集中超能聽力，她聽到樓上傳來啪搭啪搭的腳步聲，「小偷在樓上！我們還來得及捉住他！」

凱蒂衝向階梯，心臟撲通撲通猛跳。

追捕大戰正式展開！

4

凱_{ㄎㄞˇ}蒂_{ㄉㄧˋ}踩_{ㄘㄞˇ}著_{ㄓㄜ˙}輕_{ㄑㄧㄥ}盈_{ㄧㄥˊ}的_{ㄉㄜ˙}步_{ㄅㄨˋ}伐_{ㄈㄚ}，飛_{ㄈㄟ}奔_{ㄅㄣ}上_{ㄕㄤˋ}螺_{ㄌㄨㄛˊ}旋_{ㄒㄩㄢˊ}階_{ㄐㄧㄝ}梯_{ㄊㄧ}，三_{ㄙㄢ}隻_ㄓ貓_{ㄇㄠ}緊_{ㄐㄧㄣˇ}跟_{ㄍㄣ}在_{ㄗㄞˋ}她_{ㄊㄚ}身_{ㄕㄣ}後_{ㄏㄡˋ}。

等_{ㄉㄥˇ}他_{ㄊㄚ}們_{ㄇㄣ˙}到_{ㄉㄠˋ}了_{ㄌㄜ˙}樓_{ㄌㄡˊ}上_{ㄕㄤˋ}的_{ㄉㄜ˙}迴_{ㄏㄨㄟˊ}廊_{ㄌㄤˊ}，克_{ㄎㄜˋ}麗_{ㄌㄧˋ}歐_ㄡ瞇_{ㄇㄧ}起_{ㄑㄧˇ}眼_{ㄧㄢˇ}睛_{ㄐㄧㄥ}，焦_{ㄐㄧㄠ}慮_{ㄌㄩˋ}的_{ㄉㄜ˙}甩_{ㄕㄨㄞˇ}起_{ㄑㄧˇ}灰_{ㄏㄨㄟ}色_{ㄙㄜˋ}尾_{ㄨㄟˇ}巴_{ㄅㄚ}，用_{ㄩㄥˋ}澄_{ㄔㄥˊ}藍_{ㄌㄢˊ}雙_{ㄕㄨㄤ}眼_{ㄧㄢˇ}掃_{ㄙㄠˇ}視_{ㄕˋ}著_{ㄓㄜ˙}幽_{ㄧㄡ}

暗的四周。

凱蒂聽到嘎吱嘎吱的聲響，「在那邊！」她悄聲說。

在迴廊的盡頭，長耳小獵犬咬住了窗戶扣鎖，努力把鎖轉開。

凱蒂躡手躡腳，緩緩逼近，她的橘色運動鞋踩在打過蠟的滑溜地板上，沒發出一點聲音。

黃金虎雕像被小獵犬擱在一旁，要是凱蒂能再靠近一點，說不定能把雕像搶回來了。

這時，小南瓜的橘色尾巴不經意掃過一張桌子，弄翻了桌上的一疊古硬幣。硬幣就這樣嘩啦啦掉了滿地，叮叮咚咚的四處亂滾。

小獵犬飛快轉身，月光下，他身上的白毛和花斑散發著光澤。

小獵犬的棕色雙眼睜得大大的，但是樣子看起來很怪，感覺心不在焉，像在恍神，作著白日夢。

凱蒂快速的帶大家躲進暗處，豎起食指貼在嘴唇上，要大家安靜。眼看小南瓜就要發出叫聲，費加洛趕緊伸掌摀住他的嘴。

小獵犬低吠一聲，接著就叼起雕像，推開窗戶，擠過空隙，逃了出去。凱蒂趕緊跑到窗戶旁，朝窗臺張望，但小偷早已不見蹤影。

接著她迅速的穿過窗戶，爬上屋頂，發揮夜視超能力，掃視一條條漆黑的街道。

克ㄎㄜˋ麗ㄌㄧˋ歐ㄡ和ㄏㄜˊ另ㄌㄧㄥˋ外ㄨㄞˋ兩ㄌㄧㄤˇ隻ㄓ貓ㄇㄠ咪ㄇㄧ，匆ㄘㄨㄥ匆ㄘㄨㄥ忙ㄇㄤˊ忙ㄇㄤˊ的ㄉㄜ˙跟ㄍㄣ上ㄕㄤˋ凱ㄎㄞˇ蒂ㄉㄧˋ，小ㄒㄧㄠˇ南ㄋㄢˊ瓜ㄍㄨㄚ則ㄗㄜˊ緊ㄐㄧㄣˇ張ㄓㄤ兮ㄒㄧ兮ㄒㄧ的ㄉㄜ˙扭ㄋㄧㄡˇ著ㄓㄜ˙鬍ㄏㄨˊ鬚ㄒㄩ。

月ㄩㄝˋ光ㄍㄨㄤ傾ㄑㄧㄥ瀉ㄒㄧㄝˋ而ㄦˊ下ㄒㄧㄚˋ，照ㄓㄠˋ得ㄉㄜˊ博ㄅㄛˊ物ㄨˋ館ㄍㄨㄢˇ的ㄉㄜ˙玻ㄅㄛ璃ㄌㄧˊ圓ㄩㄢˊ頂ㄉㄧㄥˇ閃ㄕㄢˇ閃ㄕㄢˇ發ㄈㄚ亮ㄌㄧㄤˋ。

克ㄎㄜˋ麗ㄌㄧˋ歐ㄡ生ㄕㄥ氣ㄑㄧˋ的ㄉㄜ˙喵ㄇㄧㄠ喵ㄇㄧㄠ叫ㄐㄧㄠˋ：「我ㄨㄛˇ怎ㄗㄣˇ麼ㄇㄜ˙會ㄏㄨㄟˋ這ㄓㄜˋ麼ㄇㄜ˙蠢ㄔㄨㄣˇ！只ㄓˇ顧ㄍㄨˋ著ㄓㄜ˙跟ㄍㄣ你ㄋㄧˇ們ㄇㄣ˙聊ㄌㄧㄠˊ天ㄊㄧㄢ。都ㄉㄡ是ㄕˋ因ㄧㄣ為ㄨㄟˋ我ㄨㄛˇ沒ㄇㄟˊ用ㄩㄥˋ心ㄒㄧㄣ巡ㄒㄩㄣˊ視ㄕˋ博ㄅㄛˊ物ㄨˋ館ㄍㄨㄢˇ狀ㄓㄨㄤˋ況ㄎㄨㄤˋ，事ㄕˋ情ㄑㄧㄥˊ才ㄘㄞˊ會ㄏㄨㄟˋ變ㄅㄧㄢˋ成ㄔㄥˊ這ㄓㄜˋ樣ㄧㄤˋ！」

「不ㄅㄨˋ是ㄕˋ你ㄋㄧˇ的ㄉㄜ˙錯ㄘㄨㄛˋ。」突ㄊㄨˊ然ㄖㄢˊ之ㄓ間ㄐㄧㄢ，凱ㄎㄞˇ蒂ㄉㄧˋ看ㄎㄢˋ到ㄉㄠˋ長ㄓㄤˇ耳ㄦˇ小ㄒㄧㄠˇ獵ㄌㄧㄝˋ犬ㄑㄩㄢˇ了ㄌㄜ˙！他ㄊㄚ正ㄓㄥˋ跑ㄆㄠˇ進ㄐㄧㄣˋ一ㄧˋ條ㄊㄧㄠˊ小ㄒㄧㄠˇ巷ㄒㄧㄤˋ，黃ㄏㄨㄤˊ金ㄐㄧㄣ虎ㄏㄨˇ雕ㄉㄧㄠ像ㄒㄧㄤˋ被ㄅㄟˋ他ㄊㄚ叼ㄉㄧㄠ在ㄗㄞˋ嘴ㄗㄨㄟˇ裡ㄌㄧˇ，閃ㄕㄢˇ耀ㄧㄠˋ著ㄓㄜ˙光ㄍㄨㄤ芒ㄇㄤˊ。

「看！小偷在那裡！他剛才一定又溜回博物館裡，逃到一樓再跑出去。」凱蒂爬上博物館的屋簷，準備起跳，跳到另一側屋頂。

「凱蒂，小心！」小南瓜大喊。

凱蒂感覺超能力在體內流竄，興奮到心跳漏了一拍。她下定決心，絕不能把小偷給追丟。

她跳到隔壁房屋的屋頂上，馬不停蹄的飛奔，腳步快到幾乎沒碰著屋頂，整個人像是在空中飛一樣。

凱蒂張開雙臂保持平衡，跳過一座又一座屋頂，身上跟夜色一樣漆黑的斗篷，在她身後飄揚飛舞。

地面離她好遠好遠，可是凱蒂一點都不害怕。她相信自己的超能力，也相信自己一定辦得到！

長耳小獵犬跑到了一排商店旁。凱蒂緩緩靠近，當小獵犬抬頭東張西望，她趕緊壓低身子，躲到煙囪後面。

　　過了一會兒，小獵犬再次離開凱蒂的視線。克麗歐和小南瓜趕緊跑到凱蒂身邊。

「那隻狗跑去哪裡了？」小南瓜小聲問。

費加洛也跟了過來，有些上氣不接下氣的說：「他一看就是那種滑頭小毛賊，跑去哪裡都不奇怪！」

凱蒂悄悄走到屋頂邊緣，發現那裡有一道鐵製逃生梯。「我們走逃生梯下去。」

她踮起腳尖，踏上逃生梯，一階階往下走，三隻貓咪也輕手輕腳的跟上。

長耳小獵犬牢牢的叼著雕像，急匆匆的往街尾走。

幸福寵物店

他在一家商店前面停下，推開店門，走進店裡。

凱蒂小心的和小偷保持著距離，繼續跟蹤。

街燈照亮了那家商店的招牌，凱蒂仰頭看看招牌上的字，「幸福寵物店。你們覺得他住這裡嗎？」

小南瓜驚訝得眼珠子都快掉出來了，「說不定他在幫寵物店老闆偷東西！」

「不會吧！」費加洛說：「這家店的情報我很少聽說，應該幾個月前才剛開幕啊？」

克麗歐深深的嘆了一口氣，一身灰毛在街燈的橙黃燈光下，染上一層淡橘色。「是我不夠謹慎，沒把工作做好，沒能好好看守博物館。我一定要把雕像找回來！」

「你是很稱職的夜班警衛。」凱蒂對克麗歐說：「抱歉，是我害你一直分心聊天。我們趕快找找看寵物店的窗戶，想辦法進去。」

「好主意！這樣子就能捉他個措手不及……」克麗歐發現寵物店的門又打開了，趕緊噤聲。

小獵犬衝到店外，眼睛睜得大大的，眼神卻呆滯無比。他快步奔上街道，身影消失在黑暗裡。

「他嘴裡沒有叼著雕像，」凱蒂大喊：「他一定是把雕像留在店裡了！」

「我們可以從那邊進去。」費加洛指向寵物店屋簷下，一扇敞開的窗戶。

「你和小南瓜留在這裡把風，萬一小偷又回來，就趕快打信號通知我們。」凱蒂說。

克麗歐接著說：「那隻狗可能挺危險的，得好好提防。」

「好的！」費加洛點點頭，「你們也會小心吧？」

「別擔心，我們會的！」凱蒂爬上寵物店外牆，從窗戶往裡

面窺探。

　　店裡黑壓壓的一片，小動物在籠子裡不安的動來動去，吱吱唧唧的聲音此起彼落。

　　凱蒂從窗戶爬進去，她先踩在一座櫥櫃上，接著往下跳，輕輕落地，最後把克麗歐從櫥櫃上接下來。

　　月光映照在寵物店灰色的地磚上，店鋪中央擺了好幾十個籠子，有高高的鳥籠、矮矮方方的兔子籠和天竺鼠籠，還有陸龜的專用籠。深處暗暗的，隱約看得出那裡有一座座架子，上面堆滿了飼料和寵物睡墊。

「你覺得小偷會把雕像擺在哪裡？」凱蒂小小聲的問。

克麗歐東聞聞西嗅嗅，「這裡面動物太多，各種氣味混在一起，很難靠氣味追蹤。」

「那我們動手翻翻看囉。」凱蒂環顧四周，找尋可能藏東西的地方，她指著收銀臺說：「我去那邊看看。」

不過，就在轉身的瞬間，凱蒂突然有一種奇怪的感覺，覺得有人在監視她。

在飼料架後方，有一對閃亮的金黃色眼睛，正仔細監看著凱蒂的一舉一動。

凱蒂發揮夜視超能力，立刻就看出那是貓咪的眼睛。那隻貓的毛色和蜂蜜一樣，項圈上一顆顆的寶石閃閃發光。

她屏住呼吸。這隻貓又是誰啊？她跟黃金虎雕像的竊案，又有什麼關係呢？

普蕾斯

5

那隻有詭異金黃色眼睛的貓
回瞪著凱蒂，接下來不發一語，
走進後面的房間，消失了。

　　「你看到了嗎？」凱蒂悄聲說：
「或許我們該問問那隻貓，知不
知道黃金虎雕像的事。」

71

但她一轉身，克麗歐早已不見蹤影。

凱蒂遲疑了一下。克麗歐是被那隻貓嚇跑了嗎？還是她想出了找回雕像的計畫？

看到後方有燈光亮起，凱蒂飛快穿梭在一排排籠子間。她經過裝著小兔子和倉鼠的籠子，小兔子睡得香甜，而精神飽滿的倉鼠在滾輪裡跑個不停。

還有兩隻紅綠相間的美麗鸚鵡，把頭埋在翅膀下，棲息在高高的鳥籠裡。

凱蒂在一間辦公室的門前停下，她看到裡頭堆滿了亮晶晶的東西，不只桌椅上，連櫃子的抽屜也都被塞得滿滿的。

整個房間全都是寶物：銀盤子、珍珠項鍊和各色寶石，從紅到紫，彩虹的七種顏色都湊齊了。

　　凱蒂倒抽一口氣。這些寶物一定都是偷來的！那隻小獵犬，真的有辦法獨自偷這麼多東西嗎？

　　「喵嗚～你好啊！」一個又尖又高的聲音響起。

　　凱蒂跳了起來。那隻有著金黃色眼睛的貓，正躺在一疊疊閃閃發亮的金幣上。

她全身從頭到腳都是蜂蜜色的，脖子上的項圈以鑽石鑲出「普蕾斯」這個名字。

　　凱蒂一走進房間，那隻貓尖尖的耳朵立刻豎起，金黃色的眼睛散發異樣神采，彷彿想要讀透凱蒂的心思。

「你好，我叫凱蒂！」凱蒂說：「我在找一座老虎雕像。偷走雕像的長耳小獵犬，幾分鐘前跑進了你們店裡。」

那隻貓雙眼發亮，尾巴左右擺動，「我叫普蕾斯。你一定就是那個有超能力的女孩，我聽過你的事蹟。我敢說，超能力一定讓你無往不利！」

凱蒂皺起眉頭，這隻貓感覺不太對勁。「我的超能力是用來幫助別人的，像現在，我就在幫忙找博物館的黃金虎雕像。雕像今晚被偷了；那是座非常特別的雕像！你有沒有看到那

76

隻小獵犬？他剛剛跑進你們店裡。」她繼續追問。

普蕾斯斜瞥了凱蒂一眼，就自顧自的舔起毛來，「沒有，我什麼都沒瞧見。」

「可是他明明就進來過這裡！」凱蒂看著普蕾斯舔舔腳掌、清理耳背，瞬間靈光一閃——要是那隻狗根本不是竊案的主腦呢？普蕾斯看起來是隻狡猾的貓，絕對有可能密謀竊取博物館的寶物。

凱蒂嚴厲的瞪著普蕾斯，「我覺得你知道的比你說出來的多很多。快告訴我雕像在哪裡！」

普蕾斯發出一串銀鈴似的清脆笑聲，「我為什麼要告訴你？現在黃金虎雕像是我的了，它替我的寶物收藏增色不少。我就是喜歡閃亮亮的東西！」

　　她站在金幣堆上伸伸懶腰，誇張的打了一個哈欠。

「可是明天就是新展覽的開幕日，大家都會去看！」凱蒂大叫：「看不到雕像，所有人都會很失望，展覽不能沒有黃金虎雕像。」

凱蒂及時打住，她差點就要跟普蕾斯洩漏雕像能實現願望的傳說了。像普蕾斯這種貓，八成會許下超自私、會害別人遭殃的心願！

「那他們只好將就一下，看看博物館其他展品囉。」普蕾斯沒好氣的說：「人類這種生物，沒事就愛哀哀叫！我只不過拿了一座小雕像，少座雕像就辦不成展覽了嗎？」

凱蒂怒瞪著普蕾斯，跟她講道理根本沒用！凱蒂一面緩緩向前逼近，一面望向金幣堆後方，尋找黃金虎雕像的蹤影。

「喔，別白費力氣了。」普蕾斯在空中揮揮前掌，指向一個嵌進牆面的灰色保險箱，「我

已一經是把※雕×像素鎖※進ぶ保ゑ險ぶ箱表，等を一一
下表我※要※小素睡※片タ刻を前多，才多會系再の拿ふ
出表來素，好公好公欣ぶ賞素一一番多上素面素的を鑽素
石户。」

凱蒂縱身一躍，跳到保險箱前。保險箱關得緊緊的，除了門上的轉盤鎖，還綁了兩道加上掛鎖的鐵鍊。

普蕾斯又發出銀鈴似的笑聲。

凱蒂轉身，氣沖沖的說：「那隻狗為什麼要幫你偷東西？你們不知道這樣做不對嗎？」

「我說什麼他就做什麼。」普蕾斯眉開眼笑的說：「只要看著我的眼睛，不管是誰都會被我催眠……包括你！」金黃色的雙眼圓睜，凱蒂覺得那雙眼睛就像磁鐵一樣，讓她不由自主的被吸了過去。

普ㄆㄨˇ蕾ㄌㄟˇ斯ㄙ用ㄩㄥˋ低ㄉㄧ沉ㄔㄣˊ的ㄉㄜ˙嗓ㄙㄤˇ音ㄧㄣ吼ㄏㄡˇ著ㄓㄜ˙：
「仔ㄗˇ細ㄒㄧˋ聽ㄊㄧㄥ好ㄏㄠˇ！你ㄋㄧˇ會ㄏㄨㄟˋ忘ㄨㄤˋ記ㄐㄧˋ自ㄗˋ己ㄐㄧˇ見ㄐㄧㄢˋ
過ㄍㄨㄛˋ我ㄨㄛˇ，也ㄧㄝˇ會ㄏㄨㄟˋ忘ㄨㄤˋ記ㄐㄧˋ有ㄧㄡˇ這ㄓㄜˋ家ㄐㄧㄚ寵ㄔㄨㄥˇ物ㄨˋ
店ㄉㄧㄢˋ。你ㄋㄧˇ馬ㄇㄚˇ上ㄕㄤˋ就ㄐㄧㄡˋ會ㄏㄨㄟˋ離ㄌㄧˊ開ㄎㄞ這ㄓㄜˋ裡ㄌㄧˇ，並ㄅㄧㄥˋ且ㄑㄧㄝˇ
永ㄩㄥˇ遠ㄩㄢˇ不ㄅㄨˋ會ㄏㄨㄟˋ再ㄗㄞˋ來ㄌㄞˊ。」

凱蒂的頭好暈，一時想不起自己為什麼在這裡……接著，她想起自己有多想幫助克麗歐，整個人瞬間清醒過來。

「或許你催眠得了那隻長耳小獵犬，但對擁有超能力的我可不管用！」凱蒂大聲的說。

「哼！」普蕾斯氣憤的走下金幣堆，背對著凱蒂，選了一張天鵝絨毯，躺在上面舔毛、清爪子。

凱蒂的腦袋轉得飛快。很明顯的，普蕾斯比她一開始想的

更難對付，要是沒人制止，她一定會繼續指使小獵犬偷更多的寶物，甚至有可能催眠別的動物，強迫他們加入偷竊的行列。

這時，凱蒂心生一計——也許她可以利用雕像的傳說，反將普蕾斯一軍；說不定還可以把她嚇到乖乖歸還寶物。

「關於黃金虎雕像，有個你不知道的祕密。」凱蒂說：「大家都說那座雕像被下了恐怖的詛咒。」

普蕾斯一聽，毛也不舔了，豎直了耳朵問：「這關我什麼事？」

「因為如果有人惹雕像不開心，詛咒就會啟動，召喚一群可怕的惡靈來復仇。」凱蒂繼續說。

普蕾斯安靜了一會兒後，怯生生的開口問：「你覺得真的有詛咒嗎？」

「我也不知道。」凱蒂注意到普蕾斯開始不安的擺動尾巴，於是努力想出更多細節，讓故事更有說服力。

「不過，萬一真的有詛咒，惡靈應該會在夜深人靜時出現，從門縫鑽進來。」凱蒂顫抖著說：「要是詛咒成真，場面一定超級陰森恐怖！」

普蕾斯嚇得趕緊坐直了身體，尾巴揮動得愈來愈快，「惡靈？門縫？」

突然間，寵物店的商品區，傳來好大一聲巨響。

凱蒂跳了起來。難道真的有詛咒！

　　「什麼聲音？」普蕾斯從辦公室的一頭跳到另一頭，兩隻前掌緊攀著凱蒂的手臂不放，「凱蒂，救救我，我真的不是壞貓咪！」

　　「那你要跟緊我喔。」凱蒂躡手躡腳，慢慢走出辦公室門口，一顆心跳得好快。

　　她聽得到小動物被怪聲驚醒，紛紛開始吱吱亂叫和狂拍翅膀的聲音。

一一盒ㄏㄜ金ㄐㄧㄣ魚ㄩˊ飼ㄙ料ㄌㄧㄠˋ從ㄘㄨㄥˊ架ㄐㄧㄚˋ子˙上ㄕㄤ˙
掉ㄉㄧㄠˋ了ㄌㄜ˙下ㄒㄧㄚˋ來ㄌㄞˊ，凱ㄎㄞˇ蒂ㄉㄧˋ及ㄐㄧˊ時ㄕˊ閃ㄕㄢˇ開ㄎㄞ，
接ㄐㄧㄝ著ㄓㄜ˙勇ㄩㄥˇ敢ㄍㄢˇ一一躍ㄩㄝˋ，跳ㄊㄧㄠˋ到ㄉㄠˋ了ㄌㄜ˙寵ㄔㄨㄥˇ物ㄨˋ
店ㄉㄧㄢˋ商ㄕㄤ品ㄆㄧㄣˇ區ㄑㄩ。

6

一一隻倉鼠竄過腳邊，凱蒂趕緊跳開閃避。「籠子全被打開了！」她驚訝得倒吸一口氣說：「小動物都逃出來了。」

小倉鼠爬上貨架，尖聲吱吱叫。一隻有著粉色耳朵的兔子，

在收銀臺上蹦蹦跳跳。

紅綠相間的鸚鵡也全都飛出鳥籠，嘎嘎叫著：「小偷，別想逃！」

「真的有詛咒。」普蕾斯喃喃說道：「要是沒把那個可惡的雕像拿回來就好了。」

凱蒂瞄見克麗歐的臉，她躲在魚缸後面，悄悄探出頭來張望。

接著，克麗歐把一盒倉鼠飼料，從架子上推了下來。

凱蒂恍然大悟——原來是克麗歐暗中動了手腳！

克麗歐故意製造出這場大混亂騙普蕾斯上當，讓她相信雕像詛咒是真的；凱蒂先前和普蕾斯的對話，克麗歐一定全聽到了！

普蕾斯像顆陀螺不停的打轉，尖尖的耳朵也不停朝四面八方扭動。

又是一陣轟然巨響；克麗歐把一堆寵物牽繩，從商品架推到了地上。

普蕾斯嚇壞了，她拱起背說：「凱蒂，惡靈跑來復仇了！拜託，救救我！」

92

克麗歐躲回魚缸後面，看著普蕾斯驚慌失措的樣子。

　　「不然我幫你把雕像拿回博物館吧？」凱蒂提議：「這樣子詛咒就會平息了。」

　　「好！好！我把那個蠢雕像拿給你！」普蕾斯大叫：「我這輩子再也不要看到它了。」她跑到辦公室的保險箱前，先用鑰匙打開掛鎖、解開鐵鍊，再轉動轉盤鎖，保險箱喀一聲的打開了。

凱蒂把黃金虎雕像從保險箱裡拿出來，感覺沉甸甸的。

「別擔心，你現在安全了。」她對普蕾斯說：「不過，為了以防萬一，你還是得交代長耳小獵犬，要他把偷來的東西統統還回去。」

「一定會的，我保證。」普蕾斯睜大了眼睛回答。

「還有，以後不可以再催眠他或是其他動物了。」凱蒂補充。

普蕾斯一個勁的猛點頭，「從現在開始，我都會乖乖的。拜託，不要讓詛咒纏上我！」

94

「你待在這裡不要亂跑，我去看看外面是不是真的安全了。」凱蒂說完就跑回寵物店的商品區。

在克麗歐的協助下，凱蒂成功把大部分的動物都趕回了籠子裡。

這時，一陣急促的敲窗聲響傳來，小南瓜的臉出現窗外，他緊張的說：「凱蒂、凱蒂，那隻小獵犬回來了！還有人上樓開了燈！」

「普蕾斯，再見囉！」凱蒂大喊：「別忘記你答應我的事。」

凱蒂和克麗歐躲進暗處，等長耳小獵犬快步走回寵物店，她們馬上衝出門外。

凱蒂把黃金虎雕像抱得緊緊的，「我們成功了！」她悄聲說：「克麗歐，你真的是博物館界的夢幻貓警衛！你好聰明，居然配合假裝有惡靈出沒，讓普蕾斯相信真的有詛咒。」

打烊

克麗歐挺起胸膛說：「我早就看出那隻貓絕不會輕易交還雕像，所以才拼命製造聲響，能有多吵就多吵！不過凱蒂，沒有你的幫忙，我也辦不到。好希望我身邊能有個跟你一樣善良又忠實的朋友，能在我需要的時候，隨時伸出援手。」

小南瓜和費加洛跑了過來。小南瓜一臉擔心的看著雕像說：「我知道惡靈詛咒是編出來的……可是，我們還是得趕快把黃金虎雕像拿回博物館吧！」

「沒錯！」費加洛打了一個哈欠，伸伸懶腰說：「緊張興奮的東奔西跑這麼久，可把我累壞了。而且我肚子好餓，得大吃一頓豐盛晚餐才行。」

一人三貓於是爬上逃生梯，回到了寵物店的屋頂。他們沿著屋脊跑，跳過一棟又一棟的屋子。此時的月亮升到了更高的位置，天上群星閃耀。

等他們跳回到博物館屋頂時，凱蒂在上頭停留了一下，俯瞰整座城市。一陣風吹了過來，她的斗篷在風中飛揚。

「不好了！」克麗歐
大叫：「史丹一定是發
現雕像不見了了！」

凱蒂透過玻璃圓頂往裡瞧。在先前放黃金虎雕像的展示臺旁，有兩個男人圍在那裡探頭探腦。一個身穿深藍色警衛服，另一個頂著大光頭，在月光下閃閃發亮。

　　「另外那個人是誰啊？」凱蒂問。

　　「是博物館館長，馬汀內茲先生。」克麗歐對凱蒂說。

　　「我們現在該怎麼辦？」小南瓜大叫：「如果直接把雕像放回原位，一定會被他們看見。」

凱蒂皺起眉頭，「我想我們是可以把來龍去脈解釋清楚……可是，他們八成會把事情怪到寵物店老闆的頭上。但雕像是普蕾斯偷的，根本不是寵物店老闆的錯。」

費加洛扭了扭他的黑鬍鬚，「我想到好方法了！跟我來。」

大家跟在他身後，跳進雕像展示間樓上的窗戶，再順著大理石階梯往下走，腳步聲在一片寂靜中迴盪。

接著，他們躲到廊柱後面，看著愈來愈多的博物館員工穿過走道，紛紛奔向黃金虎雕像的展示間。

「人好多啊，感覺展示間等一下就會擠滿洶湧人潮。」克麗歐甩甩尾巴說：「我們動作最好快一點！」

「往這邊走！」費加洛蹦蹦

104

跳跳的進到了博物館附設的餐廳，然後在一大排蛋糕前面停下腳步。那些蛋糕個個被擺在架上，還用玻璃罩一一蓋好，光用看的就讓人口水直流。

「費加洛，你打算怎麼做？」凱蒂問。

費加洛揮揮前掌，指著一個漂亮的蛋糕，那是個香草黑醋栗蛋糕，上面還淋滿了濃稠糖霜。「既然我們沒辦法把雕像放回原本的地方，那就放到馬上會被發現的地方吧。我建議把它擺在空的蛋糕架上，放在這裡，要不被看到也很難。」

凱蒂望向長桌上一整排蛋糕，眼神飄過淋著白色糖霜的檸檬蛋糕，最後落在一個空蛋糕架上。

「真是個好主意！」克麗歐對費加洛猛點頭，表示贊同，「很多員工和一早來博物館參觀的人，都會來這裡喝杯咖啡、吃塊蛋糕。他們一定馬上就會發現雕像。」

她一說完就跳上桌，咬緊

106

空蛋糕架上的玻璃罩把手，把玻璃罩掀了起來。

凱蒂小心翼翼的把黃金虎雕像放在蛋糕架上。這時，她想起雕像的傳說。

雕像會不會知道她心裡的願望呢？

凱蒂摸了摸雕像的前掌，一瞬間，雕像的祖母綠雙眼，在昏暗光線中散發出光芒。她在心中微笑，感覺自己的背後有一陣電流竄過。

克麗歐把玻璃罩蓋了回去，「動作快！我們可不能在這裡被逮個正著。」

三隻貓咪紛紛衝向走廊，凱蒂則在原處逗留了一下下。

她在長桌後方找到一枝鉛筆，在便條紙上快速留言。

凱蒂面帶微笑，把那張便條紙擱在雕像旁邊，接著轉身飛奔。

黃金虎雕像遭竊，
現在平安歸來。
這全都要感謝
博物館館貓克麗歐。

等他們都登上博物館屋頂的時候，鐘塔敲響了十二下鐘聲，告訴大家午夜的到來。

「真的很感謝你們。」克麗歐深深一鞠躬說：「凱蒂，你幫了我這麼多，我永遠都不會忘記。你是貓咪真正的好朋友！」

「下次爸媽帶我來博物館參觀的時候，我會再來找你。」凱蒂許下承諾：「他們一定會喜歡我們救回雕像的故事！」

凱蒂、小南瓜和費加洛踏上歸途，在月光下跳過一座又一座屋頂。

小南瓜一面磨蹭凱蒂的腿，一面問：「凱蒂，你摸了黃金虎雕像的手手嗎？」

　　凱蒂看著小南瓜，微笑著回答：「摸了！我把雕像放在蛋糕架上的時候摸了一下。」

小南瓜繞著煙囪又蹦又跳，「你許了什麼願望？你覺得願望會實現嗎？」

「如果是我，會許願要一塊煎得香噴噴、配上大蒜香草醬的鮭魚排。」費加洛插話。

「我以為自己會許願要紅寶石和鑽石，但我沒替自己許願，而是替克麗歐許了願，希望博物館會感激她的付出，讓她升任正式的警衛。」凱蒂說完，抬頭凝望美麗的夜空，看著城市燈火在黑暗中不停閃爍。

她轉頭面向費加洛和小南瓜，對他們說：「更何況，我的願望已經實現啦。跟朋友一起冒險出任務，就是世界上最棒、最精采的事！」

超能貓咪
小學堂

飛毛腿

貓咪碰上狗會咻一下的溜走。你看過這場景嗎？看過的話，
就能了解貓咪跑得超快，速度可達一小時四十八公里！

順風耳

貓咪的聽力敏銳無比，還能轉動雙耳，偵測聲音從哪裡來。
再微弱的聲音，都逃不過貓咪的耳朵！

瞬間反射

你聽說過貓咪著地時，一定是穩穩的四腳著地嗎？
據說這是因為貓咪有很敏捷的反射力，從高處掉
下來的時候，瞬間就能反應過來，知道該怎麼調
整姿勢，才能安全落地。

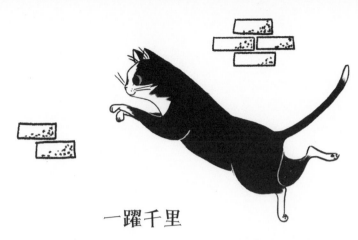

一躍千里

貓咪一跳，距離可超過兩百四十公分。這是牠們強壯的後腿肌肉的功勞。

千里眼

貓咪夜視能力超強，即便光線微弱，牠們也能看得一清二楚，所以才能在黑漆漆的夜晚狩獵。

好鼻師

貓咪的嗅覺超靈敏，敏銳度是人類的十四倍。而且，貓咪的鼻紋就像人類的指紋一樣，每隻貓的鼻紋都是獨一無二的。